아버지의 시

아버지의 시

초판 1쇄 인쇄 2012년 11월 23일
초판 1쇄 발행 2012년 11월 30일

지은이 박 천 준
펴낸이 손 형 국
펴낸곳 (주)북랩
출판등록 2004. 12. 1(제2012-000051호)
주소 153-786 서울시 금천구 가산디지털 1로 168,
우림라이온스밸리 B동 B113, 114호
홈페이지 www.book.co.kr
전화번호 (02)2026-5777
팩스 (02)2026-5747

ISBN 978-89-98268-30-5 03810

아버지의 시

박 천 준 시집

가을에는 편지를 써요
노오란 은행잎 하나
넣어서 그리운
연인에게 띄워요

가을에는 소식을 전해요
빠알간 단풍잎
곱게 펴서 먼데 있는
애인에게 보내요

바람은 코 밑에서
간지럽고 하늘에는
파란 물결이 구름 사이로
흘리 흘러가요

가을에는 편지를 보내요
옷깃 여미는 소슬한
바람을 담아
보고 싶은 님께 보내요

book Lab

작가의 말

　마음에 있는 그림을 글로 쓸 수 있도록 건강과 지혜를 주신 하나님께 감사와 영광을 올리면서 이를 위해 기도해 주신 주위의 모든 이에게 빛 진자가 되었음을 진심으로 고백한다.

　살아온 세월들과 살고 있는 시간 속에서 보고 들은 대로 낙서를 하였는데 이러한 글들을 모아 자식들의 손에서 정리가 되어 한 권의 책으로 출판되는 것이 무거운 짐으로 남게 되는 것이 아닌가 걱정스럽다.

　어머님이 그리울 때는 눈물로,
　세상이 어수선하면 분노로,
　계절이 바뀌면 마음을 열고 낙서를
　했지만 해답이 없다.

　늙어 가면서 자식들에게서 듣고 싶은 소식들을 마음에 그리워하면서 채워지지 않는 감정들이 소용돌이치면 낙서를 했다.

　세상을 아름다운 눈으로 보지 못하고, 자식들을 더 많이 사랑하며 보듬어 주지 못하고, 사랑하는 아내를 더 아껴주지 못하고, 이웃에게 친근한 정을 주지 못하고, 늙어가는 나의 초라한 모습이 부끄럽다.

　책이 나오기까지 애쓴 출판사와 정리하면서 수고를 아끼지 않은 막내딸 자양이, 큰아들 해성이, 큰딸 혜리. 작은딸 유양이, 작은아들 유광이, 사랑하는 아내, 큰며느리 소향, 사위 훈, 상남, 오범과 손주들에게 고맙다.

2012년 빛고을 광주에서 더위를 맞으며
작가 박 천 준

아버지의 시를 읽고

36년 만에 우리 아버지를 찾았습니다.
36년 만에 우리 아버지의 인생을 보았습니다.

슬퍼도 소리 내어 울 수 없었던 아버지의 그 자리, 힘들
어도 힘든 내색보다는 더욱 완고한 모습으로 버티셔야만
했던 아버지의 그 자리, 몸이 아파 방 안을 뒹굴며 고통스
러워하실 때에도 아내와 자식들이 행여라도 들을까 봐 이
를 악물고 작은 신음소리조차 삼키셔야만 했던 아버지의
그 자리.

나는 우리 아버지가 세상에서 제일 강하고, 제일 엄하
고, 제일 무서운 분인 줄만 알았습니다. 늘 철이 없던 막
내딸이 이제 아버지가 써두신 글을 통해 칠십여 년을 살
아오신 아버지의 인생 중 우리 오남매의 아버지로 살아오
신 인생을 보게 되었습니다.

　강인하지만 수도 없이 우셨을 우리 아버지, 누구보다 자유를 갈망했지만, 누구보다 책임감이 강하셨던 우리 아버지, 오남매가 성장해가며 느끼셨을 기쁨 이면에, 끝없이 느끼셨을 답답함과 막막함, 책임감이 얼마나 우리 아버지를 짓눌렀을까?

　이제 알 것 같습니다.
　아버지로 살아오신 인생을…

　영원히 굽히지 않을 대나무처럼, 그래서 무척이나 외로우셨을 우리 아버지.
　사랑하는 자식들이, 사랑하는 아내가 몰라주어도 시를 쓰며 웃고, 시를 쓰며 울고, 시를 쓰며 마음 달랬을 우리 아버지의 인생을 생각하니 동거 동락한 아버지의 시가 고마우면서도 내 마음 한없이 서글퍼집니다.

　참 다행입니다.
　아버지 살아생전에 아버지의 글이 생각나 이렇게 찾게 되어서 말입니다. 결혼을 하고 자식을 낳아 길러보니 이제야 아버지의 시가 내 마음에 와 닿아 눈물이 멈추질 않습니다.

나는 밤새 울어 퉁퉁 부은 눈으로 내일 또 출근길에 나서야 합니다. 내 사랑하는 두 자녀의 엄마 몫으로 말입니다. 그래도 좋습니다. 아버지가 헌신한 아버지의 몫으로 살아오신 그 길이 너무도 깊고 길었기에, 저는 대신 아주 조금만 걸어도 목적지에 금세 다다를 수 있기 때문입니다.

저는 참 행복한 사람입니다.

우리 아버지 같은 사람을 만나 아버지의 감성을 이어받고, 아버지의 정서를 이어받고, 아버지의 지성을 이어받고, 아버지의 지혜를 이어받고, 아버지의 통찰력을 이어받아 어디를 가나 한 몫을 하고 살아가니까요.

아버지… 죄송합니다… 아버지를 그동안 너무 모르고 살아왔습니다.

아버지… 사랑합니다… 내 아버지가 세상에서 정말 최고입니다.

아버지…

아버지…

2012. 3. 27. 새벽 2시에

막내딸 박 자 양

차 례

사랑하는 아내에게 바치는 글

사랑하는 아내에게 바치는 글

당신의 넓은 사랑 속에
내 작은 마음 묻어 두고
내 작은 마음 가운데
당신의 큰 사랑을 담고
살아가지요

사랑하고 고마운 당신
지금까지 둘이서
외식 한번 못했고 여행다운
여행을 못했지요
그러나 불편한 감정
깊이 감추고 사십여 년
같이 있어준 당신이
고맙지요

어려운 생활에 남보다 많은
어린 자식들 키우느라
허리끈을 졸라 매야 했던 시절
시내에 나갔다가 허기질 때에
흔하디흔한 풀빵 하나
사서 먹자 하면 자식들 생각에

발길을 돌리면서 함께 먹을 수 있는
찬거리를 사곤 했지요

좋은 음식 한번
먹여주지 못하고
옷 한 벌 제대로
사 입히지 못하고
신발 하나 변변한 것
신겨 주지 못했지만
자식들이 밝고 건강하게
성장하는 것을 보며
고마워했지요

영산포에서 직장 생활을
하는 남편을 기다리는
주말 부부로 살면서
당신은 좁은 집에서
오남매를 키우며
고생을 했지요

남편이 집에 오는 주말이 되면
새로운 반찬을 만들어 먹었고
남편이 없는 한 주간은
남은 음식으로 끼니를

때우면서 못난 남편의
쥐꼬리 월급날을 기다리면서도
한 마디 불평 없이 살아 준
당신이 고맙지요

남편 없는 좁은 집구석에서
혼자서 자식들을 출산하면서
아픔과 고통을 당한 당신은
자식을 낳은 기쁨의 추억으로
간직할지 모르지만
혼자 해산을 하면서
혼신의 힘으로 온몸에
땀범벅이 되어 두려움을
겪었을 당신을 생각하면
곁에 있어 주지 못하고
병원은 엄두도 못 냈던 우리의
생활 때문에 마음이 지금도
너무 저려 오지요

병원으로 직장을 옮기면서도
생활은 옹색하고 어려웠지만
손 내밀며 누구에게 도움 한번
구한 적도 자녀들의 학비를 빌린 적도 없고
사랑하는 당신의 피나는 절약으로

오히려 이웃에게 손을 펴서 베풀며
자식들을 학교에 보내는 생활은
즐거웠고 행복했지요

칭찬 한번 해 주지 못하고
엄하기만 했던 남편 때문에
당신은 마음을 아파했지요
당신의 아픈 마음을 보듬어
위로해 주지 못했던 세월들이
지금은 너무도 부끄럽고
당신의 얼굴을 볼 적마다
예전에 곱던 얼굴이 아니어서
마음이 아파 오지요

지금도 남편보다는
자식들을 먼저 생각하는
정이 많은 당신의 마음을
헤아리며 고맙지만 시새움을
해야 하는 못난 남편이지요

사랑하는 당신이여!
내 곁에서 제발 미워하는
감정을 버리지 말고 길이
함께 남아 주기를 바랄 뿐이지요

그러노라면 서로 부딪치면서
더욱 오래 오래 살아갈 수
있기 때문이겠지요

이 글을 쓰는 못난
남편의 초라한 감정이
흐느낌에 북받쳐 억장이
무너져 내리고 있지요

자식들 뒷바라지 하느라
한 눈 한번 팔 수 없었던
세월들을 당신에게 모두
그려 보낼 수 없지요

여보!
미운 날 너무
나무라지
마시오!
나의 하얀 비둘기
고맙고 사랑하는
당신이여!

어머니 보고 싶습니다

어머니 보고 싶습니다

어머니 보고 싶습니다
엄마가 그립습니다
어머님 어디에 계십니까
먼발치에서나마 엄마의
그림자라도 보고 싶습니다

새싹이 돋아나는
봄이 오면 더욱 그렇습니다
꽃이 피는
오월이면 더욱 그렇습니다

산자락에서 논 풀을
베시던 어머니
뙤약볕에서 구슬땀을
흘리시며 서숙 밭에서
김을 매시던 어머니

그 모습들이 푸른 빛 들판에서
가물가물 보여 옵니다

하루해가 뉘엿이
서산마루에 걸리면
지친 몸으로 집에 오서서
털썩!
마루에 주저앉으시며
긴 숨 크게 내 쉬고
머리에 두르셨던 땀에 절인
수건을 벗어 마룻바닥을 훔치신 후
구석으로 밀어 놓고 부엌으로 가서서
자식들의 끼니를 챙기시던
생전의 엄마의 모습이
너무도 보고 싶습니다

이승과 저승이 아니라면
모든 일 제쳐놓고
한숨에 뛰어가서
보고 싶고 불러보고 싶은
우리 어머님!

엄마! 어디 계십니까?

어머니!

어머니 보고 싶습니다
어머니 그립습니다

고집불통 말썽꾸러기였던 나는
어머니가 젊게만 보였습니다
어머니가 크게만 보였습니다

어머님의 말씀에 언제나
짜증을 내던 속이 좁은 나였습니다

이제 생각하니 어머님은 속이 깊은
훌륭한 여자였습니다
어머님은 대장부처럼 당당하게
살아오신 여걸이시었습니다

못난 자식 고향에 가면 먹을 양식
바리바리 챙겨 주시던 어머님
다른 형제들이 드린 용돈을
모아 모아서

못난 자식 옆으로 다가서시면서
여비 하라시며 손 꼭 잡아 쥐어 주시며
눈물 바람을 하시던 어머님!

힘들고 지칠 때면 더욱더
어머니 생각이 납니다
더욱 그리워집니다

새벽별을 보면서 들로 나가시어
일을 하시다가 샛별을 바라보면서
집에 오시던 어머님!
늘그막에도 밭으로 논으로 쉼이 없이
다니시면서 고생하시던 어머니가
그리워서 저 멀리 크게 보입니다

어머님!
그리운 나의 어머니
불효했던 아들이 보고 싶습니다

어머님

"네 부모를 즐겁게 하며
 너 낳은 어미를
 기쁘게 하라"

육 남매 곱게 곱게 키우시며
남몰래 흘린 어머님 눈물
개울 따라 흘러 흘러 강이 되었소

오봉산 산자락에 삶 터 이루고
밭을 갈고 논을 갈아 씨를 뿌리며
어머님 손끝으로 가꾸어 왔소

손끝에 피멍 들어 마음 아파도
자식들 볼세라 눈물 감추고
현모의 높은 덕을 지켜 사셨소

어머님 치마폭에 잠자던 우리
배고파 울 때마다 가슴 제치고
칠 남매 그 젖 먹고 살게 하셨소

세월 따라 길 따라가신 어머님
푸른 산 고운 바람 머무는 곳에
자식들 염려 말고 편히 쉬소서

나의 어머니!

아버님 날 낳으시고
어머님 날 기르시어
이 못난 자식 여기까지 올 수
있음은 부모님의 한없는 은혜입니다

가난해도 배가 고파도
못난 아들 헐벗기지 않으려고
밤새워 물레를 돌리시며
무명실을 자아내던 어머니

손이 닳고 몸이 지쳐 가누지 못하면서도
명절날 고운 옷 입히지 못할세라
길쌈을 하여 새 옷을 입혀 주시며
기뻐하시던 사랑하는 나의 어머니

몸이 펄펄 끓는 몸살이 나면
대야에 찬물 가득히 가져와
무명 수건에 물을 적셔 이마에
찬물 찜을 해 주시던 나의 어머니

이 불효했던 아들 백발이 되어서야
뜬 눈으로 밤을 지새우며 옆에서
지켜보며 돌봐 주시던 어머님 생각에
그리움의 눈물이 흐릅니다

어머님 죄송해요

고군면 오산 마을에서
의신면 창포 마을까지
산 돌고 들 돌아가는 길
오는 길 걸어서 팔십 리 길

가파른 고갯길 걸어서
세 번을 넘어야 하는
가고 오는 힘겨운 하룻길

군대에서 은덕을 입은
상사의 부친상을 당해
부조의 쌀 두어 됫박
동 고리에 부어 담아
머리에 이고 이 못난 아들과 같이
먼 새벽길을 나선 어머님

자식 마음 다칠세라 그 먼 길
싫다 하지 않으시고 늘
이렇게 자식들을 위하여
당신을 희생하시면서도

기뻐하셨던 어머님

그 멀고 먼 하룻길을 걸으면서
칠 남매를 낳으시고 키우신
어머님의 허리는 얼마나 아프고
고통스러웠을까? 이 아들은 이제야
조금은 알아 후회를 합니다

그러한 어머님께 기쁘고 즐거운
말벗이 되어 드리지 못하고
앞질러 가면서 어머님의 무거운
동고리 한번 챙겨 주지 않은
못난 아들이었습니다

마지막 석현 마을 고갯길 넘을 때에
저녁밥 짓는 연기는 마을 뒷산 허리에
자욱이 덮여 있고 아직도 십여 리 길
더 걸어서 우리 집에 도착했지요

이제 내 나이 어머님의 길 가면서
문뜩문뜩 어머님께 불효했던 감정들이
뇌리를 스쳐 가는 기억 때문에 늘
마음이 쓰리고 저려웁니다

어머님! 죄송해요
어머님께서 가신 그 옛길이
못난 아들이 지금 가는 이 길과 같은
한 길이라면 거기서 어머님 뵈올 때에
불효했던 아들은 용서를 빌겠습니다

어머님! 죄송해요 죄송합니다

불효자

심산유곡에 어머님 모시옵고
돌아설 제
억 만장 무너지듯
눈앞이 캄캄해라

자식 많아 속 태우며 한 청춘을
살아올 제
편히 쉬고 주무신 적
단 한 번도 없었어라

팔십 평생 설운 눈물 혼자서
삼키실 제
에헤라 아무도
위로하지 못했어라

불효하던 이 자식 어머님 여의옵고
생각할 제
큰바람 사납게 불 때
피할 집 아주 없어
다시 한 번 웁니다

부모님

하늘처럼 높으셨고
태산처럼 든든하며
장군처럼 자랑스러웠던
우리 부모님

안경 너머로
서글픈 웃음을 띠며
자식들을 보고 계시는
눈가에는 어느새 회한의
이슬이 맺히는
우리 부모님

지팡이를 짚고 서서
세월의 그림자를
뒤돌아보며 한숨짓는
예전에는 볼 수 없던
나약해지신
우리 부모님

살아온 세월만큼이나

눈가에 굵은 주름살이
늘어만 가는 부모님의
얼굴에서 세상의
모진 풍상을 봅니다

어머님 기억

어머님이 툇마루에 걸터앉아서
내려놓으신 한숨 소리가
어머님의 텅 빈 가슴인 줄을
예전에는 몰랐습니다

어머님이 뒤안 뜰에 씨앗 심으며
흥얼거리는 콧노래가
어머님의 피 섞인 눈물인 줄을
예전에는 몰랐습니다

어머님이 부엌에서 가마솥에
밥 쌀 넣고 아궁이에 불 지피며
앉아 계신 넉넉함이 어머님의 마음인 줄을
예전에는 몰랐습니다

설 전날에

명절날 고향에 가면
넓은 들
정이 담긴 마을
어릴 때 친구들
왜?
그리 좋았을까?

홀로 되신 어머님 곁에서
말벗 되어 드리지 못하고
밤이 새도록 친구들과
어울려 마실 돌던
철부지 아들이었소

이제 자식들 키워 놓고
내 나이 늙어 외로워 가니
지난 세월 어머님 마음을 알듯
조금은 철이 들었소

못난 자식 늙어 가면서
철이 드는 듯하나
어머님은 곁에 계시지 않고
내 자식 또한 나처럼
철없이 세상을 사는구려…

군 입대 하던 날

먼 옛일 같지만 군 생활은
어제와 오늘처럼
문득문득 새롭게 다가온다

이 못난 아들 새벽같이
밥을 지어 먹이시고
버스 정거장까지 오셨던 어머니

버스는 오지 않고 시간이 늦어
산 고개를 넘어 선창까지 걸어야 하는
나를 멀리 바라보시며 서 계시던 어머니

나는 산 중턱에 올라 뒤돌아보며
그제야 어머니! 하고 부르면서
눈물 흘리던 못난 아들이었다

멀리서 눈물을 감추시고 돌아가시던
어머니의 그 힘없이 걷던 모습은
지금도 나의 눈에 흔적으로 남아
지워지지 않고 있다

그리운 어머니!
그날에는 비가 많이 왔습니다

모정

우람한 산은
어머님의 가슴입니다

아름다운 꽃은
어머님의 얼굴입니다

향기론 풀 내음은
어머님의 마음입니다

계곡 따라 흐르는
맑은 물소리 거기에서
그리운 어머님의
목소리를 듣습니다

어머니 산소에서

산이 좋아 산에서
사시는 어머님 터전에
가을바람이 황금 들판의
고운 냄새를 몰고 옵니다

와이(Y)자 비탈길을 올라
동백꽃 망울 병풍처럼 둘러 있는
어머니가 계신 곳 추모비를 읽으며
어머님이 그리워집니다

앞산 옆을 지나 멀리 보이는 바다
어머니는 참 좋은 곳에 계십니다
한없이 넓은 마음을 가지셨기에
이처럼 전망이 좋은 터를
잡으셨나 봅니다

어머님!
이 불효자는
다음에 또 오겠습니다

마누라의 뜨개질

부부싸움

둘이 하나 되기 위하여
엉키어 가는 아름다운 태동
남남끼리 만난
여자와 남자가
내가 아닌
또 다른 나를 내 안에
만들기 위한 각고의 몸부림
모서리 돌의 날카로움이
파도에 의하여
부서지고 다듬어지듯
티끌만 한 자존심이
깨어져 가는 사랑의 서곡

부부싸움
승자의 기쁨과 패자의 슬픔으로
상벌이 주어진다면 그때는
이미 부부가 아닌 것을
부부싸움
칼로 물 베기 같이 자국을 남기지 않고
흠과 티를 덮어 주며

다시 하나가 되어 지고
승자도 패자도 없이
무승부로 끝이 난다

마누라의 뜨개질

한 코, 두 코, 한 땀, 두 땀
엮어가는 뜨개질
실타래는 줄어들고
목도리는 서서히
제 모양을 갖춘다

긴 댓 바늘 끝으로
털실을 꿰고 빼기를
거듭하면서 엮어가는
손놀림이 경이롭다

섬섬옥수 씨줄과 날줄로
따뜻한 겨우살이 준비하며
목도리를 만들어 가는 섬세함이
마누라의 마음만큼이나 곱다

자식의 목소리

머리가 센 후로는
언제부터인가
기다려지는 목소리 때문에
집안에 들어서면 전화통에
귀를 기울이고 쫑긋 세운다

하루하루를 보내면서
듣고 싶은 목소리를
해가 지고 밤이 되어도
끝내 듣지 못하고
잠의 여행을 떠난다

세월의 빈자리가 넓어지는 만큼
자식의 목소리로
채워 보고 싶은 욕심일까?
아들딸의 목소리가
그리워 기다려진다

자식은 이것을
늙은 애비의 푸념이라 하겠지…

큰아버지

"가난한 자를 불쌍히 여기는 것은
 하나님께 꾸이는 것이니 그 선행을
 갚아 주시리라"

수난이 담긴 역사의 흐름 따라
살아계시는 동안 견디기 어려운
고뇌 속에서 가난을 이기고
부농을 이루기까지
한 점 부끄러움과 흔들림 없이
홀 어머님 봉양하고 동생들
사랑으로 보살피면서 한학과
독서에 심취하여 숭고한 양식으로
덕을 쌓으시며 자손들과
이웃들에게 삶의 높은 의지를
일깨워 주셨던 큰 아버지

그 정신 후손에 귀감이 됨으로
여기 공덕비를 세워서 길이길이
기념함일세

젊음이여!

사내자식은 자정이
넘도록 텔레비전
앞에서 개그를 보고
딸 녀석은 거실
이불 속에서 남자
친구에게
밤 가는 줄 모르고
전화질을 하고 있다

이 두 자식은
철이 없는 것인지
시간을 모르고 청춘을
불태우며 소모시키고 있다

그래도 다음 날이면
어김없이 시간에 맞추어
태연히 출근을 하는 것 보면
젊음은 밤과 낮이
없는 것 같다
그렇지만 세월을

아끼면서 사는 것을
배워야 할 것 같다
때가 악하니 말이다

할머니

여기 현숙한 여인을 보라
그 이름 진주보다 값지고
보석보다 아름다워라

어려운 시대에 농군의 아내로
네 아들 고이 키워 화목하니
그의 후손 더욱 번창하리라

삼강오륜은 배우지 않았고
친거지아은 아는 바 없어두
가풍 지켜 순종한 열녀로다

후대의 자손들 그 얼 기리고
그 이름 천추에 남기고저
열녀비를 세워서 추앙하려네

한국 소년 탐험대

장하다
울 외손 김희범 파이팅!

하나님께서 도우셔서
골짜기마다 넘치는 물이
언덕길마다 시원한 바람이
힘들고 지친 아이 어린 너를
이기게 하시는구나

이제는
세계가 네 발아래 있고
샘은 네 발밑에서 솟는다

이것은
탐험이 아니라 지구를
정복하기 위한 시작이다

정복하고 다스리고 충만하라
울 외손! 용기를 내어라

어차피 인생은

어차피 인생은…

어차피 인생은 왔다가 가는 것
머뭇거리지 말라

덧없이 스무고개 넘으면 또
기차가 터널을 지나듯이 어느 순간에
칠팔십 고개가 다가와서 기다리고 있다

인생은 지체할 수 있는 시간이 없고
또 누가 와서 물려주지도 못한다
오직 혼자서 날마다 맴도는 시간과
공간 속으로 달리며 먹혀 가는 것이다

어차피 인생은 한번 오면 되돌지 못하고
살다가 콧속의 바람이 멈추는 날
오던 길 다시 가지 못한 채로 백발 머리 벗고
호젓한 산골에서 여장을 푼다

뜨내기 인생

나는 뜨내기 인생일세
자녀들은 많지만
이집저집 다니는
뜨내기 인생

자유를 잃은 뜨내기
마음껏 쉬어 갈 수 없는
처량함에 옷깃 여미고
떠나야 한다

부모는 뜨내기 인생일세
필요 이외는 귀찮은 존재로
자식들의 문전을 무겁게
넘나드는 인생

장성한 자식들 이제는
부모 품을 떠나 살면서
돌아볼 겨를 없다 하니
부모의 인생은 뜨내기

나의 남은 인생

내 나이가 이제는 칠십이다
세월이 빠르기도 하지만
너무 느리고 지루하기도 하다

소싯적부터 여기까지 얼마나
많은 격변기를 살았는가
굶주리면서 헐벗기도 하고
울고 웃는 죽음 앞에서
너무 무서워 떨기도 했다

이제는 자식들 장성하여
행복한 가정을 이루고
멀리서 또는 가깝게 있으면서
귀여운 손자들 생산하고
저마다 오붓하게 살아간다

하루하루 흘러가는 세월 앞에서
내 남은 시간에 사랑하는 자식들
얼굴을 몇 번이나 볼 수 있을까
음성은 몇 번이나 들을 수 있을까
이름은 몇 번쯤 불러 볼 수 있을까

얼굴에는 잔주름이 백발과 함께
세월의 흔적을 남기고 이런 생각
저런 생각에 눈시울이 뜨거워지면서
나의 뒷모습이 아련히 초라하게
그리고 희미하게 보여 온다

인생의 길 너무도 멀고 복잡하여
얽히고설키어 우왕좌왕하는 사이에
석양길 맞아 황혼의 추위 속에서
몸 추스르며 구비구비 터벅터벅 걷고 있다
나의 남은 인생을…

인생 말년

인생의 남은 길은
내리막길 가파른
오르막길 오르면서
고비 고비마다
멈추고 싶은
고갯길 많았지만
정상을 모른 채로
살았는데

이제는 지친 몸 가누면서
내리막길을 조심조심
내려가고 있는지도
벌써 오래되었다

정상을 바라보면
까마득한 옛길이
시간 숲 사이로 보일 듯이
잡힐 듯이 가려져 있고
되돌아 오를 수 없는
길이 되었다

이제 또 그 길에 누군가가
내리막길 바라보면서
손을 흔들고
소리쳐 부르지만
그 소리 멀리멀리
멀어져 가고 있다

또 뒤를 따라오는
마지막 인생의
발자국 소리가 들린다

인생 60은

갈 길이 바쁘다

멈춰 설 곳이 없다
석양은 산을 향한
나의 길을 재촉한다

인생 육십 살면서
가시밭 길 헤치며
걸어왔다

나의 육십 세월은
구비 구비마다
힘에 겨운 질곡이었다

인생역전

어느 날 갑자기
인생은
역전을 한다

실망하지 말아라
포기하지 말아라

어느 날 갑자기
인생은
역전을 한다

살아야 할 이유 있다

세상에서 볼 수 없는 것이
너무 많기 때문이다

세상에서 들을 수 없는 것이
너무 많기 때문이다

세상에서 알 수 없는 것이
너무 많기 때문이다

다 보고 다 듣고 다 알면
존재할 가치가 없다
꿈을 꾸어야 할 필요가 없다
세상은 재미가 없다

보기 위하여
듣기 위하여
알기 위하여
얻기 위하여

살아야 할 이유가 된다

간이역

인생은 간이역이 없다
멈췄다 다시 떠나는
간이역

세상에서 생명의
열차를 탄 인생은
멈추고 쉬었다
떠나는 간이역이 없이
종착역을 향하여
가는 길뿐이다

자화상

여기까지 살아온 자국
보이지 않는
어떤 힘에 의해
그려진 나이테

햇볕에 바래고
풍우에 깎이며
다듬어진 조각

누구도
피할 수 없는 황혼
우두커니 서서
바라만 보는 눈물
속으로 스며드는
세월의 그림자

좋은 향기
아름다운 열매
다 거두고

이제!
석양 노을 바라보며
어둡게 묻혀가는
인생 그루터기

유혹

우리는 생활 속에서
서로 사랑하면서
즐겁게 살았노라
행복하게 살았노라
말들 하고 있지만

그러나 삶 속에서 아직도
깊숙이 숨어 위장하고 있는
간사한 마음의 유혹을
떨쳐 버리지 못하는
검은 머리 가진 인생이어라

마지막 인생

그냥 이렇게
살다가 가는 거다
칠흑 같은
도시를 빠져나가
별빛이 웅성거리는
산으로 가는 거야

꽃 바람은
산을 넘어오고
잎새들 저마다
얼굴을 내미는
허리 굽은
산골로 들어가
산세 험한 계곡에
숨어서 사는 거야

아무도 함께
놀아 주지 못하고
음산한 바람이
머리끝을 세우는

그곳에서 홀로 사는 거야
마지막 인생은…

어느 날 갑자기

어느 날 갑자기
인생은 무너져 간다

모든 것을 잃은 것은 아닌데
아픔보다 더 고통스러운
공허감은 인생을 짓누른다

땅을 머리에 인 듯
너무도 무겁다

인생은 어느 날 갑자기
마지막 여행길을 말없이
혼자서 떠나야 한다

노인의 삶

노인이 늙으니 늙은이라는
말이 싫습니다
돌아가는 시곗바늘 끝에 매달려
세월을 멈춰 세우지 못하고
사나운 비바람 맞으며
차가운 눈보라 뒤집어쓰며
여기까지 왔습니다

산을 넘고 강을 건너고
거친 풍랑을 헤치면서
숨이 차도록 비탈길 오르며
왔으나 정상에서 쉼도 없이
반대길로 가야 하는 가파른
내리막길은 한 번쯤 뒤를
돌아볼 겨를이 없습니다

세월과 시간과 인생

세월과 시간과 인생

늙은 사람은 세월을 아끼고
젊은이들은 시간을 아껴라

세월이 더디다 하며
시간을 아껴 쓰지 못한
젊은 날이 아쉬움으로 남고
나이 많아 백발 되니
십 년 세월 이삼 년은
덤으로 넘어간다

항상 새싹이 움 돋는
봄날일 줄 알았는데
어느덧 더위에 쫓기는
녹음방초 시절이었고

항상 열매가 가득한
가을일 줄 알았는데
어느덧 모든 것 다 떨어버린
앙상하게 홀로 서 있는
겨울나무가 되었다

대나무 창살문

예전에 어머님과 함께
육 남매가 살던 초라하고
허술한 초가집에는
아직도 한지를 바른
대나무 창살문이 있다

갓 모퉁이를 돌아온
바람이 대나무 창문의
너절하게 뚫어진 구멍으로
드나들며 창호지 문풍지를
요란하게 흔들고 있다

초롱불 밝히던 정겨운 시골 마을
돌담 너머로 가지를 뻗은
뽕나무에 오디가 까맣게
익어 가고 있다

시간 앞에서

세월이 참 빠르게 날아간다
화살 같이 날아가고 있다

자녀들이 어릴 적에는
세월이 더디고 정지된 것 같더니
지금은 자녀들 다 키워서 저마다
가정을 이루고 행복하게 사는 것을 보니
정지된 시간이 풀리고
세월은 너무너무 빨리도 지나간다

뿔뿔이 흩어져 살아가는 자식들은
이 애비 살아 있는 동안에
애비의 얼굴을 음성을 그리고
흰머리이고 사는 애비의 늙은
모습을 몇 번이나 볼 것인가

늙은 애비 추하다 냄새 난다
말이 많다 부담스럽다 하면서
피하여 돌아서지는 않을는지
저무는 시간 앞에서 얼굴에
주름살을 그리는 늙은이는
가슴 속이 저려 온다

세월 무상

가신님 다시
만날 수 없고
오는 이 알아
볼 수 없으니
나의 사는 세상이
바람처럼 지나며
스쳐 갔구나

가신님 돌아
올 수 없고
오는 이 다시 돌아
갈 수 없으니
내가 사는 세상이
흐르는 강물처럼
떠내려갔구나

시계

하루 한 달 일 년
텅 빈 공간에
씨줄과 날줄을 시간 속에
촘촘히 엮어
모든 것을 가두고
적도에서 열을 품어내어
봄 여름 가을 겨울
하얀 머리카락을
만들어 간다

그리고 삶과 죽음을 엮어
역사를 만들어 간다

잊혀져가는 시간

그리운 고향 정든 시골 마을
봄 여름 가을 겨울
골목길 걸으며 늘 보고
철 따라 즐겨 먹던 과일나무

담쟁이넝쿨에 버티고 있는
배가 부른 돌담 위로
탐스럽게 익어 얼굴을
발갛게 내어 민 살구와 감

큰댁 우물가 장독대 옆에서
넓은 잎으로 하늘을 가린 채
꽃이 핀 적 없어도 너무 익어
방긋이 터져 있는 무화과

뒤뜰 담 모퉁이에 수줍은 듯
웅크리고 앉아 푸른 자락에
붉은 구슬 알알이 품고 있는
앵두나무의 정겨움

이제는 세월의 여행 속에서
고향에 계시는 어르신 성함도
즐기던 과일나무의 이름도 예전의
기억 속에서 하나씩 잊혀져간다

정녕 다시 올 수 없는 시간들이
뇌리에서 조금씩 뜨겁게 또는
얼음처럼 녹아내리는
아픔이여! 서글픔이여!

뒷모습

세월이 참! 빠르다
시위를 떠난
화살처럼 날아가 있다

인생 살아온 뒷모습이
추하고 부끄럽지 않으면
조금은 위안이 되겠다

자식들에게 형제들에게
이웃들에게 지인들에게
어떻게 보일 것인가

뒷모습이 너무 화려하지도
너무 초라하지도
않았으면 좋겠다

살아온 인생이 그러했으니
살아온 모습대로만
보였으면 좋겠다

아! 젊은 날이여

밤이 가면 붉은 태양이
떠오르겠지
날이 가면 계절 따라
꽃은 피겠지
세월 따라 흘러간
젊음의 추억
다시는 못 오겠지
아! 젊은 날이여!

해가 지면 어두움이
찾아오겠지
날이 가면 꽃도 지고
새도 울겠지
세월 따라 변해 버린
젊음의 모습
다시는 못 찾겠지
아! 젊은 날이여!

벗들아

그리운 소꿉쟁이 벗들아

지금 어디 있느냐

춥고 배고픈 시절

보릿고개를 함께 넘은 동무야

무척이나 보고 싶구나

회갑을 훌쩍 뛰어넘은 세월

백발을 머리에 이고 뒤돌아보니

지나간 일들이 주마등같이

눈앞을 스친다

몸은 멀지만 마음은 그것이 아니었는데

오늘 새벽에 L.A.에서 산다는 너의 소식을 듣고

움푹 들어간 주름진 눈가에

어느새 이슬이 맺힌다

초근목피로 배를 채우면서도

마냥 즐거웠던 전쟁놀이며

누가 시킨 것도 아닌데 술래가 되어

온 산골짜기를 쏘아 다니다가 소나기라도 퍼부으면

나뭇가지와 풀을 베어 덤불 위에 지붕을 만들고

그 밑에 웅크리고 앉아서

온갖 수다를 떨며 장난치던 개구쟁이들

서산에 해가 지고 땅거미 내리면
꼴망태 짊어지고 소를 모는 어린 목동이 되어
산비탈 길 재촉하며
집으로 떼 지어 가던 벗들아!
지금은 고향에 가면 몇몇 벗들은 이미
이 세상 사람이 아닌 허망한 세월 속으로 길을 떠나
그림자도 볼 수 없어 서글퍼진다
그리운 벗들아!
언제 한 번 만나자 더 늙기 전에…
벗들아!
내가 너무 무심했구나

친구야!

힘겹고 어려운 시절
철없어 뛰놀기만 했던
그리운 친구야!

어미의 허기진 맘 모르고
배가 고프면 뛰어와
밥 달라고 보채던 어린 시절

이제
새끼들 둥지 떠나보내고
어미는 옛 둥지 떠나지 못해
지루한 세월을 낚으며 살고 있다

다시
우리 만나 즐겁기만 했던 옛 시절
옛이야기 나누면서 아름답게
늙어가는 모습 서로를 보며

눈가에 잔주름 그리는
웃는 모습이 너무도 보고 싶구나
친구야!

소꿉놀이

보릿빛 벌판에
송아지들
벗이 좋아 노는데
새끼 딸린 어미소
두엄 실은 달구지를
끌면서 애가 탄다

놀란 개구리
개울물로 뛰어들고
어린이들 보리피리 불며
새끼줄 기차놀이가
한창 즐겁다

뚜우! 뚜우!
주먹손으로 부는 기적 소리
해질 무렵
밥 짓는 연기가 자욱한
마을 어귀에
새끼줄 따라
소꿉놀이 기차가
힘차게 들어온다

시간

시간이 머무는 곳에서는
생명이 담보가 되어
어둠에 눌리고

시간이 흐르는 곳에서는
생명은 뿌리를 내리고
빛을 향하여 치솟아
오르고 있다

죽음 앞에서

죽음 앞에서 1

당당할 수 있는가?
어두움을 지나는 터널
지나간 길 되돌아
나올 수 없는데
당당히 두려움 없이
걸어 들어갈 수 있는가

기뻐할 수 있는가?
삶의 마지막 순간이며
다시는 못 오는 길인데
기뻐할 수 있는가

포기할 수 있는가?
생명은 하나인데
한 번뿐인 세상의 삶
포기할 수 있는가

미련을 버릴 수 있는가?
생활 속에서 즐기며
손 떼 묻은 온갖 귀한 것을
미련 없이 버릴 수 있는가?
죽음 앞에 서면 인생은
무슨 생각을 하고
어떻게 대처할 것인가
역사는 증언하고 있다

죽음 앞에서 2

담담하게 받아들여라
살아온 세월이 더
지겹고 고통스럽지 않았던가
그런데
그 굴레를 벗어나는 것이라면
얼마나 다행한 일인가

돌이켜 보면 빛과
어둠의 차이요
공간일 뿐…

모든 것 내려놓고 긴 숨
한번 내쉬면 거기가
우리네 쉴 곳이 아닌가

잘! 가게나
이 친구야!

삶과 죽음

채울 수 없는 죽음은
노인을 부르고 삶은
노인에게 기다리라 한다

죽음과 삶 사이에서
노인은 버팀목이 되어
이리저리 끌리고 있다

죽음의 어둔 그림자는
노인 앞으로 다가오고
생명의 빛은 노인의 뒤로
날마다 멀어져 간다

살다 죽는 것 누구에게나
닥쳐오는 필연인데
죽음 앞에서 떠는 자여
죽음에는 장사가 없다

삶과 죽음 사이에서

나는 삶과 죽음 사이에 서 있다

생명을 가지고 태어나는
모든 것은
삶과 죽음 사이를 오가면서
갈등하고 있다

삶과 죽음은 혈연보다
더 가까운 관계로
한생명 안에서 동거한다

삶 속에서 죽음이 기다리고
죽음 밖에서 삶이 존재한다

얼마나 더 살 것인가
언제 죽을 것인가
삶과 죽음 사이에서
방황하며 세월을 따라간다

어떻게 살아갈 것인가
어떻게 죽어갈 것인가

삶도 죽음도 우리의 몫
삶은 죽음의 연장일 뿐이다

조용히…

인생무상

봄 여름 가을 겨울
죽음은 인생을 오라 부르고
삶은 인생을 가라고 재촉을 하네
벼랑 끝에 서서
세월을 머리 위에 얹고 사는 인생
울고 싶으나 울 수 없는 슬픔이
웃고 싶으나 웃지 못할 기쁨이
피리를 불어도 춤을 추지 못하고
애곡을 하여도 통곡할 수 없는 아픔이
삶과 죽음 사이에서 끌리고 당기며
봄 여름 가을 겨울
세월을 넘나드는 물 흐름이여
높은 뫼 봉우리
바람에 불려 가는 뜬구름 한 조각

허망한 인생

사람은 가는 거야
바다처럼 출렁이다
강물처럼 가는 거야

사람은 가는 거야
어두운 터널 지내다
바람처럼 가는 거야

사람은 가는 거야
풀잎처럼 피어나다
낙엽처럼 가는 거야

사람은 가는 거야
아옹다옹 살다가
구름처럼 가는 거야

사람은 가는 거야
모진 세월 지내다가
빈손으로 가는 거야

죽음의 길

태초부터 그 길은
하나였다
살아 있어 숨을 쉬는
모든 것은 그 길을 가야 했다
우리네 조상님이 그러했듯이
어버이 그 길을 가셨다

나도 그 길을 거절할 수 없고
나의 후손에
또 후손도 영원토록
피해 갈 수 없는 길

동행자 없이 혼자서
돌아갈 수도 없고
중단할 수도 없는 오직 한 길
어디서부터 어떻게
가야 하는지 아무도
모르는 꿈과 같은 길이다

납골당

납골당이 인기를
얻고 있다
한 줌의 뼈가 흙으로
돌아가지 못하고
어둡고 차가운
돌 속으로 들어간다
이것은 죽은 자의
납골당이다

아파트가 인기를
얻고 있다
핵가족이 되어
흩어진 자들이 저마다
시멘트 속으로
들어간다
이것이 산 자의
납골당이다

죽은 자의 납골당은
투기가 없다

산 자들의 납골당은
투기의 전장터이다

죽음이 부르거든

죽음이 너를 오라 하거든
겁내지 말고
거절하지 말고
두려워하지도 말라

어차피 한번은
건너가야 하는
외나무다리라 하면
곱게 단장하고

삶에 감사하고
부름에 고마워하며
나서서 맞이하는 것이
아름다운 새로운
시작이 아닌가

공동묘지

목숨이 있어
세상살이를 할 때에는
땅은 물론이고 내 것이라
부르는 방 한 칸 없어
전전긍긍하더니

죽어서 세상에서
다시 볼 수는 없지만
내 땅이라고
이름표를 세워 놓고
편히 쉬누나!

한판 소동

무엇이 죽음 앞에서
태연할 수 있을까?

며칠 전에 도축장으로
끌려간 소가 탈출하여
거리로 뛰어다녀
한 판 소동이 일어났다

누구나 죽음 앞에서
태연할 수만 있다면
그는 세상을 헛되게
살아온 것 아니다

죽음은 그를 부르고
세상은 그를 보내고
죽음과 삶 사이에서
한판 소동이 일어난다

사모곡(死慕曲)

세상에서 갖고 살던

무거운 모든 짐
청산 고갯길에다가
지게 받쳐 놓고
불어오는 녹색 바람에
내 영혼 감히 맡기고 싶다

이제는 훌훌 모든 것
다 털어 내면서
솟아오르는 날갯짓으로
세상에서 아주 멀리멀리
마음껏 날아가 보고 싶다

세상에 해지고

서산에 해지고

서산에 해가 지고
밤안개 내리면
철새들 먼 길 날아서
둥지를 찾아 깃든다

노을은 하늘 구름을
검붉게 불태우고
산속 깊은 골짝에
부엉이는 울고 있다

들일 나가셨던 어머니
치맛자락 허리에 묶고
머릿수건으로 옷을 털며
집 안으로 들어선다

서산에 해가 지고
마당에 모깃불 피우면
밥상머리에 온 식구 앉아
정겨운 식사를 즐긴다

가로수

그 자리에 언제나 그대로 서서
하늘로 치솟아 피어나며
세월의 나이테를 만들어 간다

아무도 그를 눈여겨보지 않지만
여름에는 뜨거운 태양 밑에서
그늘이 되어 주며 비바람
맞으며 버티고 서있다

솔솔바람에 새로운 단장을 하고
모든 것 내려놓고 낙엽을 밟는
연인들의 길이 되어 주며
맨몸으로 서 있는 가로수

어느 누구도 그를 향하여
고맙다는 말도 없고 감사 하며
손으로 쓰다듬어 주지 않지만
불평 없이 봄 여름 가을 겨울을
묵묵히 맞는 가로수

딱정벌레

무궁화 꽃나무를 갉아 먹는
딱정벌레 충이 발생했다
칠공 팔공 시절에도 발생하여
무궁화 꽃나무를 힘들게 했던
아주 지독한 녹생충이다

그때에 딱정벌레로 말미암아
무궁화 꽃나무는 잎도 피우지 못하고
꽃은 망울조차 맺지 못했다

지금 또다시 딱정벌레의 녹충이
무궁화 꽃나무에 기생하며 서서히
병들게 하고 꽃을 떨어뜨리려
보이지 않는 이로 갉기를 시작한다

모난 돌

돌 모서리를
발로 찼더니
몹시 아프고
고통스럽고
후회가 된다

앞으로는 모서리 돌을
발로 차지 않고
피하여 가리라

모난 돌이 정을
맞는다 하는 소리는
옛말이 되었다

별들의 눈물

어둡고 높은 하늘에서
별들의 울음소리가
들려온다

은하수 위에 조각 배 띄워
님 떠나보내는 설움에
별들이 울고 있다

밤이 새도록 흘린 눈물이
풀밭에 초록 방울이 되어
아련히 맺혀 있다

새 아침에

꽃은 더 아름답게
새는 더 즐겁게
바람은 더 부드럽게
우리의 젊음이
활기찬
새 아침을 열자

산은 더 푸르게
물을 더 맑게
하늘은 더 높게
우리의 삶이
우렁찬
새 아침을 달리자

강물

고향은 높은 산 아래
산 노루가 이따금 찾아오는
깊은 두메산골
옹달샘에서 태어났다

여러 두멧골 친구들이
골짜기를 타고 내려와
서로 만나서 재잘거리며
한곳에 모였다

하늘을 가득하게 보듬고
잔잔한 바람에 춤을 추며
땅을 휘감아 돌면서
벌판을 누비고 산다

달

우주 공간에
동쪽에서 서쪽까지
포물선을 그리며
밤을 새우며 넘어가는
너로 인하여 실향민은
고향을 그리워하고
헤어지는 연인들은
눈물을 짓는다

가난한 자를 위하여
채워 가고
가난한 자를 위하여
비워 가는
너로 인하여 바다는
놀이 일고 세상은
변하여 간다

빛

빛이
빛으로
빛을
비추니
빛이
빛나게
아름답다

바람

어디서 와서
어디로 가는지
아무도 모르지만
나뭇잎은 흔들린다

가득하지만
채워지지 않고
넘치고 있으나
흔적이 없는 것

늘 곁에 있으나
아무도 소유할 수 없는
보이지 않는 바람은
세상의 유일한 재산이다

이슬

견우와 직녀의
만남의 눈물 인가
이별의 눈물 인가
풀섶 위로 밤새워
내려 맺힌 눈물이
영롱한 진주 알처럼
풀잎에서 굴러떨어진다

별빛이 유난히도 밝은
밤이 되면 깜박 잠이 든 사이
별들의 선물인가
바람이 머물다 간
초록빛 초원 위에
밤새워 내린 보석 알이
초롱초롱 엎혀 있다

노을

해가 서산을 넘으며 부서져
구름을 태우는 불꽃이
휘황찬란하다

혼자 바라보며 감탄하기는
너무도 아쉬운
여행길에서 만난
붉은 노을

달리는 열차 안에서
차창 밖으로 뵈는
타오르는 불꽃이
산 위로 쏟아져 내린다

메아리가 없는 산

얏! 호!
불러도 소리쳐도
대답이 없습니다
혹독한 서릿발에
생명을 다한 가랑잎이
나뭇가지 사이사이로
스치면서 떨어져 내리는
바스락거리는 소리만이
마음을 서글퍼지게 합니다

메아리가 없는 산에는
옅은 겨울 안개가
내리고 있습니다
앙상한 가지에는 동면에 들어간
새싹의 봉오리가 눈을
지그시 감은 듯 솜털같이
포근히 깔리는 양지의 햇살을 쪼이며 겨우살이를 납니다

꼬리 긴 검은 다람쥐가 아직도
겨울 준비를 다하지 못하여

낙엽의 더미를 뒤지며
나무 타기를 즐깁니다
메아리가 없는 산에는
겨울을 몰고 오는 차가운
바람 소리만 들려 올 뿐입니다

먼 산

뭉게구름 피어 있는 곳에
산 넘어 산은 겹쳐 있고
아스라이 먼 산 너머로
행복한 고향 숲이 보인다

태양은 황금빛을 보듬어
쏟아 붓고 착한 산새들
무리지어 먼 산골짜기
둥지 찾아 떠난다

서산마루

가을 낙엽 바스락 밟으며
뒷산에 올라 멀리
서산을 바라보니
이글거리는 석양은
구름 자락 태우며
산마루 너머로 찬란한
빛을 쏟아 붓는다

빛살을 타고 어둠의
그림자가 내려오는
깊은 골짜기에서
홀로 있는 산비둘기
울음소리가 들리고…

산과 바다

산은 바다이고
바다는 산이다
산은 바닷속으로
묻히고
바다는 산 위에서
꿈틀거린다

바다와 산이 어울러
생명을 보듬고 뒹굴며
바위틈에서 부서져
하얀 거품 속으로
숨어든다

산은 바다
바다는 산
둘이 하나 되어
높음과 낮음이 없이
세상을 품고
삶의 맥을 이어주는
핏줄이 된다

꽃을 사랑하자

꽃처럼 청순한 아이들
꺾지 말고 짓밟지 말라
시궁창에 피어 있어도
뭉개지 말고
허허벌판에 피어 있어도
버려두지 말자

꽃의 아름다운 열매
눈으로 보며 즐거워하고
이 땅의 주인이 되기까지
마음으로 감사하고
축복해 주자

꽃을 위하여 시궁창에
맑은 물 흘려보내고
벌판에 쉼터를 만들어
더럽지 않고 외롭지 않게
가꾸어 가자

좋은 생각으로
아름다운 마음으로
삶의 터전에서 맘껏
자태를 뽐내며
제 잘난 멋에 살도록
어디에 피어 있든지
사랑해 주자

어른들이 보듬고
가야 할 미래의
꿈나무들 아닌가?

꽃 속에서

꽃 속에서
꽃들과 함께 있노라면
꽃을 닮아 갑니다
몸도
마음도
또
생각이
꽃이 되어 갑니다

들꽃 1

아무도 살지 않는 외로운 섬
무너진 돌담길에 피어있는 작은 꽃
누구도 찾아 주지 않는 쓸쓸한 들꽃
해님이 찾아와서 늘 안아 주시네

아무도 오지 않는 외로운 섬
무너진 언덕길에 피어있는 작은 꽃
아무도 반겨 줄이 없는 외로운 들꽃
별들이 내려와서 늘 놀아 주시네

들꽃 2

허망한 벌판
꽃 한 송이 들풀 위로
외롭게 피어
풍우에 시달리고
폭설에 뒤덮이며
찢기고 할퀴며
몸부림 친다

비바람 멈추지 않고
햇볕은 내리 쬐일
가망이 없다

긴 세월
땅을 지탱하여 살아온
들꽃
어두움의 그늘에 눌려
제대로 활짝 피지도
못하고 풀 섶에
주저앉아 떨고 있다

비바람 그치고
햇볕이 쬐면
들꽃!
털고 일어나 힘껏
기지개를 켜고
혼을 일깨워
그윽한 향기를
품어 내며

높은 하늘 보듬고
버려진 세월만큼
짓밟힌 시간만큼
보상을 받고 싶은
마음으로
작은 들꽃 하나
양지바른 넓은 데서
이쁜 꽃망울을 터뜨린다

작은 들꽃

봄기운이 솟아오르고
양지바른 곳
땅이
꿈틀거린다

지극히 작은
들꽃 하나
산고의 몸부림으로
그 작은 봉오리
피우기 위해
지축을 가르며
드디어 실날같은
생명의
탯줄을 잇는다

봄

땅은 꿈틀거리며
감미로운 햇살 따라
생명의 기운이 피어난다

바다는 날갯짓을 하고
파도는 우유빛으로
부서져 간다

양지쪽 골목길에서
실바람이 동그라미를
그리며 날아오른다

봄 날

봄기운에
아지랑이 피어오르면
양지바른 곳에
움츠린 작은 들꽃의
꽃망울을 터뜨리며
봄바람은
조심스럽게 다가간다

터지며 피어나는
상처에서 짙은
생명의 냄새가 흐르고
바람은 봄볕의
맑은 빛 모아
푸른 잎새에 머물러
활짝 피어나는 들꽃을
조심스럽게 품는다

춘심

옷깃을 스쳐 가는
산들바람 결에
괜히 마음이
설레임은 정녕
그리움일 게다

텅! 비어
주저앉은 감정은
왠지!
만발한 봄꽃 같은
사랑으로 채우려
함일 게다

여름

주름진 푸른 자락에
땅은 감기고 뜨거운 햇살이
탐스러운 포도송이
위로 내려앉는다
맹꽁이는 옹달샘에서
짝을 찾아 울고
부엉이는 산중에서
낮잠을 즐긴다

어느 여름밤

저 하늘에 별들이
잠을 잘 때에 여치는
이슬방울 옆에서
열심히 날갯짓을 하며
친구를 부르는
소리를 낸다

한 여름밤의
별빛 내리는 뜨락에
땅거미는 열심히
집 단장을 하느라고
들랑거린다

달빛이 내리는
황톳길에는 작은
개미들이 가로질러
열심히 먹이를
나르고 있다
아버지 무거운 지게 짐
받쳐 놓고 쉬시던

언덕배기에는
실낱같은 바람이
흐느적거린다

아! 팔월이다

지루한 장마와
뙤약볕 칠월이 가고
아! 팔월이다

오곡이 물오름을
시작하는 팔월이다

열매마다 풍요롭게
잎은 하늘로 푸르게
채워 가는 팔월이다

광복의 날개를 달고
비상하던 이 땅은
팔월이 좋다

모기

여름철의 악마가
밤의 불청객으로
침입하여 헌혈을
강요하며 비행을 한다

새벽이 오기까지
공격 목표물을 찾아
일침을 가하고
끝내 피를 보고야 만다

가을

펼쳐진 황금빛 보자기 위로
고추잠자리는 날고
노란빛 바람은 골마다
예쁜 물감을 뿌리며 달려간다

석양은 노을 속에서
불을 토하고
저녁 찬 바람에 길손은
옷깃을 여미며 떠난다

가을 속으로

바람이 가을을
만들어간다
하늘 땅 바다
그림을 그린다

잊고 싶은 기억들이
새록새록
피어오른다

골짜기에 무지갯빛
병풍을 그리고
들녘에
황금 물감을 뿌리며
하늘에
살진 짐승을
만들어간다

바다에 돛단배
가을바람에
흐느적거린다
 갖고 싶은
추억들이 하나씩
가을 파도 속으로
사라져 간다

겨울 풍경

유리창 밖에는
눈에 덮인 앙상한
나뭇가지들이
추운 겨울밤을
지새우고 있다

모든 것 다 내려놓고
욕심 없이 산비탈에
버티고 서 있는
가난한 나무 한 그루
찬바람에 떨고 있다

봄과 여름 그리고 가을
풍성함을 얻기 위하여
모든 것 버리고 비운
가난한 마음이 창밖에서
혼자 떨고 서 있다

가을 편지 1

가을에는 편지를 쓰겠습니다
노-란 은행잎 하나를
마음에 담아서 당신 곁으로
띄우겠습니다

하얀 봉투 속에 구겨진
내 작은 마음과 황금빛 가을이
소슬한 바람결에 울적해진
당신에게 기쁜 소식이 되었으면 합니다

가을에는 편지를 쓰겠습니다
빠알간 단풍잎 하나 내 감추인
마음에 넣어 당신 곁으로
보내 드리겠습니다

가을 편지 2

가을에는 편지를 써요
노오란 은행잎 하나
넣어서 그리운
연인에게 띄워요

가을에는 소식을 전해요
빠알간 단풍잎
곱게 펴서 먼 데 있는
애인에게 보내요

바람은 코 밑에서
간지럽고 하늘에는
파란 물결이 구름 사이로
흘러 흘러가요

가을에는 편지를 보내요
옷깃 여미는 소슬한
바람을 담아
보고 싶은 님께 보내요

낙엽을 밟으며

슬픔이어라
아픔이어라
고통이어라
이별은…

다시 하나가
될 수 없는
뒤돌아 볼 수 없는
돌아갈 수도 없는
낙엽은…

발아래 밟히는
눈물
옷깃에 스미는
고독
마음에 흐르는
차가운 바람
가을은…

낙엽 예찬

곱고 아름답게 떨어져
모여 있는 낙엽이
마냥 부럽다

피어나면서부터 모든 것 다
보듬은 넉넉한 자신감으로
살아온 낙엽

부는 듯 불지 않는 듯
스치는 고운 바람에 날려
어미의 품을 떠난
낙엽이 부럽다

또 내년을 약속하면서
부르는 가을 노래여!

고추잠자리

석양 노을 속으로
고추잠자리 무리지어
하늘에 붉은 수놓으며
높이높이 비행을
즐기고 있다

마을 어귀에는 개구쟁이들이
잠자리채를 들고
하늘을 휘저으며
왁자지껄 재미가 났다

잠자리 날갯짓 바람에
고추는 익어 가고
강냉이도 수염이 센다

비는 오지 않으려나 보다
고추잠자리 떼 지어
높이 나는 걸 보면

짙은 가을

풀잎 끝에서
찬 이슬이 마르고
오솔길에서
낙엽이 밟히면
하늘은 땅을 보듬고
타는 목마름으로
산과 들에 불을
토한다

바람은 산을 넘어
골마다 하얀
서릿발을 세우고
을씨년스런 바람은
골짜기로 내리 달려
가을의 들녘에서
둥지를 튼다

종다리는 바람에
날개를 펴며
하늘로 솟아오르고

붉은 잠자리
실개천에서
한 무리 되어
가을의 마지막
비행을 즐긴다

겨울

봄 여름 가을
함께 즐기던 모든 것
훌훌 다 떨어 버리고
하늘을 향한 초라한 생명들

내년은 더 나은 모습으로
태어나기를 기대하며
매섭게 달라붙는 진눈깨비에
온몸을 부르르 떨고 있다

캄캄한 산비탈에 서서…

첫 눈

아직도 가을은 길 위에서
뒹굴며 몰리는데
하얀 눈 솜은
앙상한 가지에 옷을 입힌다

내 마음이 이렇게
깨끗했으면 좋겠다
나도 이렇게 하얀
마음을 가졌으면 좋겠다

부드럽게 허물을
덮어주는 사람이
되었으면 좋겠다

어느 대통령 춘삼월에
내리는 눈을 보고
서설이라 말씀하시더니
정치인들 입방아에 올랐다
나무 이파리 하나
달린 채로 떨고 있다

첫눈이 내리니
놈들도 좋아하겠지…

눈

밤을 새면서 내린 눈이
산과 들을 하얗게 덮었다
집을 나서서 뒷산에 오르니
눈꽃으로 단장한 숲이
도열하여 나를 맞는다

산상에 내리는 눈을 맞으며
낙엽 위로 쌓인 눈을 밟고
산길을 오르니 발밑에서
뽀드득뽀드득 정겨운 소리가
지친 마음을 편하게 만든다

푸른 숲 위로 봉실 봉실
피어 있는 눈꽃이 불어오는
바람에 천사들의 날갯짓을
하는 듯 멋지고 아름답다

겨울잠

푸석한 낙엽이
하얀 솜털 눈을 덮고
겨울잠을 자고 있다

뽀드득 밟히는
눈 발자국 소리에
낙엽은 바스락거리며
단잠을 설치고 있다

눈은 펄펄 내리며
낙엽 위로 쌓여 가고…

해운대에서 하룻밤

해운대에서 하룻밤

송림에서 흘러내리듯
펼쳐 있는 가는 백사장
야경의 불꽃 속에서
보석이 되고
부드럽게 밀려오는
파도 위에는
네온사인이 살아서
꿈틀거린다

어둠 속으로 산자락 묻히고
높이 솟아오른
빌딩의 유리창 안에
별들이 갇혀
졸음을 이기고 있다

해운대의 밤은 깊어 가고
정적이 깃드는 해변
객실 밖으로 바라보는
겨울 바다
헤어지는 연인들처럼
쓸쓸하게 밀려가는 파도
별빛 소나기를 맞으며
밤을 지새우는 가로수
해운대에서 하룻밤은
한 폭의 그림처럼
지나간다

여름 산행

푹푹 찌는 삼복더위에
찜통이 기승을 부린다

간편한 차림으로
산에 오르니
숲 속의 상큼한
초록 냄새가
온몸을 파고든다

언덕배기에 서니
찡한 바람이
발을 멈춰 세우고
헐떡이는 숨결을
진정시킨다

산새들 날며 노닐고
뻐꾹새는 상수리 높은
가지에 앉아서 들려오는
메아리를 즐기고 있다

산이 좋아서

산이 나를 부르니 산에 오릅니다
산새가 날으며 지저귀는 골짝마다
꽃들은 피어 향기 자욱하고
아름답게 도열한 솔바람 간지러운
능선을 따라 오릅니다

나는 산이 좋아서 산에 오릅니다
계곡물 속살거리는 골짝마다
찬란한 햇볕이 우거진 푸른 숲
사이사이로 반짝이며 내리는
오솔길이 좋아서 오릅니다

가을 산행 1

낙엽이 머리 위로
우수수 내리어
소슬바람에
몰리며 깔리고
발아래서 밟히는
신음 소리에
가을의 석양은
서글퍼진다

골짜기 물은
바위틈으로 숨어들고
산비둘기 푸드덕
자리를 뜬다
밤송이는 나무 밑에
터져 있고
알밤은 다람쥐의
먹이 사슬로 끌려간다

철새들 떼를 지어
국경을 넘나들고

북쪽 하늘에 먹구름 몰려
바람은 금세 눈을 가릴 듯
진눈깨비를
발 앞으로 쏟아 붓는다

가을 산행 2

가을 산이 어서 오라 하며 품고
숲길의 단풍잎 손을 흔들어
부르며 반긴다

가랑잎은 바스락
발자국 소리에 잠을 깨고
얼굴에 흐르는 땀방울
바람이 닦아 주고
수줍어 지나간다

저 높고 넓은 쪽빛 하늘
마음 가득 담아 가서
옹색한 방 안에 쏟아 부어
넘치도록 채우고 싶다

고향 나그네

백발을 머리에 이고
산자락에 평화롭게 모여 앉은
고향 마을에 가서 보니
낯선 땅이 다 되었다

돌담은 무너져 내려
여기저기 흩어져 있고
죽 창문이 열린 빈집 뒤 안에는
거미가 그네를 뛴다

젊은이들은 일손을 놓고
객지에 나가 있고 노부부만 남아
허술한 집을 지키며
쓸쓸하게 살고 있다

정답던 소꿉동무들
하나둘씩 산으로 갔고
밤이면 숲 속에서 홀로 우는
부엉이의 벗이 되었다

정든 마을 골목길
잔걸음 쳐도 누구 한 사람
만날 수 없는 고향에서
외로운 나그네가 되었다

산에는

바람은 산기슭에서
잠시 머물러 웅성거리다
흩어져 산등성이를 오르며
산을 흔들고 있다

햇살은 나뭇가지에 걸려
흔들리고 부서저
골짜기로 떨어지며
포근하게 쌓이고 있다

산행

산에 오르니
숲과 바람이
나를 품는다

어머니의
가슴 같은
포근함

그의 품에서
흐르는
어머니의
젖줄이
힘을 돋군다

산골의 밤

산골 깊숙이 자리 잡은
오붓한 외딴 마을
초가지붕 위로 영롱한
별들이 밤이 깊도록
내려앉는다

노부부는 단꿈으로
먼 길을 떠났는데
칠흑 같은 밤은 을씨년스런
부엉이 울음소리를 들으며
새벽별을 띄운다

산 너머로 별똥별
황금빛을 내며 사라져 가고
골짜기 따라 은하수는
밤이 새도록 흐른다

경주에서

천 년의 고도에
군신들의 혼 깃들어
유물들 살아
숨 쉬는 곳

총총한 별빛
풀섶에 내리면
은방울 머물다 굴러
떨어지는 삼복더위

낙조의 붉은
노을 속으로
철새들 빨려
들어가며 날갯짓하고

풀의 꽃과 같은
영화를 누리며
천하를 호령하던
그 성웅들의
긴 칼과 기개

다 어디로 가고
푸른 능위에서
음산한 기운만
솟아 매암을 돈다

낙도에서

어느 시골 낙도에
다 허물어져 가는 초가집
흘러내리는 돌담 밑에
풍우에 시달려 찢긴
작은 들꽃 하나
피어 있다

쓸쓸한 석양의 노을
바라보면서…

홍천에서

산이 산 위로 올라앉고
칡넝쿨로 나무는
몸살을 앓고 있다

객실 밖으로 보이는
산은 잔디로 덮여 있고
길은 하늘로 솟아오른다

골마다 물안개 피어오르고
바람은 골짜기에
가을을 재촉한다

산을 오르내리는 케이블카
하늘만 보이는 산중 홍천에
대명 비발디 파크가 있다

정든 시골집

땅거미 산 아래 내리면
밥 익는 내음 골목 길 가득 채우고
굴뚝마다 보드란 나무 향을
하얗게 내뿜는다

마을 어귀 꼴망태 짊어진 아이
소를 앞세워 발길 재촉하고
수건 머리에 둘러쓴 홀 어머님
지친 듯 허리 굽혀 들어선다

이제 그 길 다 없어지고
아스팔트 깔리고 시멘트로
길을 덮었다
정겨운 새소리 들을 수 없고
밥 짓는 연기도 볼 수가 없다

지치고 힘겨운 세월을 보낸
어르신들이 집을 지키고
골목길 돌담은 허물어져 초라하고
초가집 처마에는 거미들이
그네를 뛴다

길동무

가면서 만나는 길동무
오면서 만나는 길동무
오가며 길에서 만나니
길동무 아닌가

통성명은 못해도
말동무 되어 가니
얼마나 좋은가

서먹하게 만나는 길동무
웃으며 헤어지는 길동무
기약 없는 인연이
길동무 아닌가

출생년 월 몰라도
말동무 되어가니
얼마나 좋은가

세상일이 모두가
길동무처럼만
호형호제 하여라

지하철 인생

인생을 나르는 도시 철도
덜거덩거리는 객차에 몸을 싣고
꼭두새벽부터 인생은
달리기를 시작한다

올라가며 달리는 인생
내려가며 달리는 인생
숨을 몰아쉬며
육중한 열차에 몸을 던진다

아침과 저녁으로 인생은
시간 속의 여행을 떠나며
뒤돌아 볼 겨를도 없이
또 달려가야 하는 인생이 된다

지하철을 타면서

생활에 바쁜 사람들이
계단을 뛰어 올라간다
삶에 지친 모습들은
승강기에 몸을 맡긴 채로
타고 내려온다

긴 터널 속에서 바람은
쫓겨 몰려오고
털거덕 굉음과 함께
열차는 그 육중한
머리를 내어 민다

뛰는 사람
걷는 사람
달리는 사람
지하철은
오르고 내리는
주식 시장이다

인생은
햇볕을 거부한

또 다른 세상의 공간에서
저마다 가는 방향으로
열차를 타고 시간
여행을 떠난다

무등산 정상 개방 등산

군정 시대에 닫았던 무등산 정상을
사십 육 년 만에 하루 동안
(2011.5.14.토_11:00_1600)
통행을 개방했다

줄지어 오르는 시민들
사이에서 대열이 되어
내 나이 육십 구세에 무등산
정상을 십사 시 십오 분에
통과하여 넘어섰다

그날 정상에는 바람이 세차게 불며
정상 통행을 시샘하여
훼방하고 있었다

인연

파란 하늘은 당신 것이옵고
푸른 땅은 내 것이옵니다

거기 하늘과 땅 사이에서
우리가 하나 됨은
오직 당신의 사랑입니다

높은 하늘은 당신 것이옵고
낮은 땅은 내 것이옵니다

여기 땅과 하늘
가운데서 우리가 만남은
오직 당신의 은혜입니다

당신과 나는 하나이지만
당신은 하늘이옵고
나는 땅이옵니다

마음의 진실

마음의 진실

남의 것 탐내지 아니하고
내 것은 과시하지 않으며
남이 나누면 감사하고
내게 있는 것 나누며

과욕은 부리지 않으며
있는 것으로 만족해하고
남을 배려하면서
살아가는 것 기쁜 일 아닌가?

자존감

칡넝쿨에 촘촘히 얽히어
온몸이 쪼여 드는 옻나무가
살아 있다는 자존감으로
연한 가지에 잎을 피우며
키가 하늘로 솟아오르고 있다

눈에 덮인 가랑잎이
눈이 밟히는 뽀드득 소리에
바스락 소리를 내면서
눈을 제치고 깨어난다

밟고 지나가는 등산객에게는
감미로운 애정의 표현 같겠지만
발에 밟히는 눈과 가랑잎은
자존감이 상한 짜증 내는
괴로운 투정이리라

겸손

내 작은 바램은
님께서 그리하시오면
내가 몸 둘 바를
모르겠습니다

님의 마음 모르지는 않지만
늘 하시던 대로 하신다면
내 마음이 조금은
가벼울 것 같습니다

그래도 님이 그러시오면
내가 더 낮은 마음으로
님 앞에서 무릎을
꿇어야 하겠습니다

미운 정 고운 정

가까워질수록
멀어져 가는 사람

멀어져 갈수록
가까워지는 사람

보면 떠나고 싶고
떠나면 그리운 사람

미워도 내칠 수 없고
고와도 품을 수 없는
얄밉고 야릇한 사람

사랑

있는 듯 없는 듯이
조금씩
또
다른 하나의
나로 채워져

아는 듯 모르는 듯이
세월의 흐름 속으로
여물어 가며

하나가 아니고 둘
둘이 아니고 열
그리고 백
더 많은 수를
보듬으며 살아간다

보이 듯 감추듯이
마음속에 그리움으로
끝없이 번져

가난하면서도 부하게
부하면서도 가난하게
더 필요를 위한
내 안의 다른 나를
섬기며 산다

짝사랑

기러기 세 마리가
대열을 지어
붉게 타는
석양 노을 속으로
앞서거니 뒤서거니
서산마루를 넘어간다

오늘 밤은 누구하고
지내며 새울 것인가
짝사랑의 심정은
아무도 모른다

한

날개를 펴고
미친 춤을 추자
울분과 통곡으로
마음속 깊은 곳으로
들어가 보자

나는 네가 아니고
너는 내가 아닌 것을
어찌하랴

울어도 울어도
지칠 줄 모르는…
응어리 풀리지 않고

무서운 칼끝에서
이는 바람
서럽게 서럽게
누더기 걸치고
살았노라

햇볕 드는 양지쪽
바라면서…

꿈

십일월 가을걷이가 끝나가는
어느 토요일 오후 붉은 태양은
산허리에 걸쳐 있고
늙은이는 알 수 없는
어느 영역으로 가까이
들어서고 있다

황홀한 빛이 드는 쉼터에서
늙은이 한 몸 거기에 멈춰
무거운 어깨짐 부려 놓고
손과 발 껴 얹히고
아득한 하늘을 바라보면서
누워 있고 싶은 마음이
어제도 오늘도 온몸 안으로
조용히 밀려든다

진정 꿈이 아니었으면…

정

별들이 노래하는 밤입니다
단풍잎 사이로
별빛이 내립니다

유난히도 끔벅이며
조는 별이 있습니다

밤이슬에 흠뻑 젖는 작은 들꽃
그리고 쌓여 가는 낙엽

집을 나간 자식을
기다리는 어머님 마음

바람은 처마 밑을
조심스레 스쳐 갑니다

쌔근쌔근 자고 있는
손주 녀석이
참 예쁩니다

십자가 세우소서

십자가 세우소서

나의 여호와 나의 하나님
저 밀림 속에도 십자가 세우소서
저 사막 가운데도 십자가 세우소서

십자가 세워 주소서
십자가 세워 주소서
구원의 십자가 세워 주소서

밀림 속에도 주님은 계시고
사막 가운데도 주님은 계시네
저 생명 저 생명 위하여
십자가 세워 주소서

사망의 음침한 골짜기에도
생명의 빛 십자가 세워 주소서

가시 십자가

빛과 생명으로
어두운 질곡의 골짜기에
길을 열고 새벽을
깨우는 어린양

몸에 휘감긴 가시 채찍
피와 땀으로 범벅이 된
조각난 옷자락에
멈추어 있다

가시로 엮은 면류관
머리에 꽂히고
심장에서 솟구치는 피
얼굴에서 내리고 있다

사람이 할 짓은 아니었는데
몽매한 죄 혼자서
뒤집어쓴 예수
가시 십자가 위에서
새로운 생명으로
잉태되었다

선교지의 주님

나는 갈 수 없지만 주님은 거기 계셔
나는 볼 수 없지만 주님은 보고 계셔
나는 알 수 없지만 주님은 알고 계셔
나는 듣지 못하나 주님은 듣고 계셔
그 생명 그 생명 주님이 품고 계셔

골짜기마다 죽은 영혼
골짜기마다 짓밟힌 생명
주님이 보고 계셔
주님이 알고 계셔

광야마다 굶주린 영혼
광야마다 목마른 생명
주님이 보고 계셔
주님이 알고 계셔

밀림 속에도 주님은 계셔
풍랑 속에도 주님은 계셔
환난 중에도 주님은 계셔
그 아픔 그 고통
주님이 보고 계셔
주님이 알고 계셔

나는 갈 수 없으나 주님이 거기 계셔
나는 볼 수 없으나 주님이 보고 계셔
나는 알 수 없으나 주님이 알고 계셔
나는 듣지 못하나 주님이 듣고 계셔

그 생명 그 생명
주님이 품고 울고 계시네

영광

나의 쓰디쓴 눈물도
십자가의 보혈을
지울 수 없습니다

나의 뼈아픈 고통도
십자가의 고난을
이길 수 없습니다

나의 삶과 죽음도
부활의 영광을
막을 수 없습니다

모든 영광과 찬송은 오직
우리 주 예수 그리스도의
아버지 하나님께

소망

하늘을 바라보라
하나님을 바라보라
십자가를 바라보라

하늘의 소리를 들으라
하나님의 음성을 들으라
예수님의 말씀을 들으라

성령님의 인도 하심 따라
소망은 포기하지 말라
도우시는 하나님께서
지금 이루어 주시리라

주님께 기도하리라

비바람이 몰아치고
눈보라가 휘날려도
나는 두려워하지 않고
주님을 찬양하리라
주님께 기도하리라
주님은 나의 반석이시요
피난처 되시니 나 주님께
피하여 살리라
주님은 나의 구원이시라

환난이 겹쳐 힘들고
원수가 사납게 달려와도
나는 겁내지 않고
주님께 감사하리라
주님께 기도하리라
주님은 나의 방패시요
요새시니 나 주님만을
의지하여 살리라
주님은 나의 보호자시라

해가 빛을 잃고 어두워도
땅이 흔들리며 요란해도
나는 겁과 두려움이 없이
주님께 나아가리라
주님께 기도 하리라
주님은 나의 안식이시요
생명이시니 나 주님의
생명 싸개 안에 있어
주님과 영원히 살리라

창조주

나의 주인이 높고
넓은 하늘 가득히
구름을 모으고
그 속에 빛나고
보배로운 것들을 채우니
은하수 강물이 넘쳐
땅 위로 빗물을 내린다

나의 주인이 하늘과
땅 사이에 가득히
빛과 바람을 채우니
수만 가지 꽃들이
향기를 듬뿍이 품어내고
온 누리 생명들은
춤을 추며 노래를 한다

낙원

낙원이 무엇일까?
어디에 낙원이 있을까?

낙원에는 누가 사는가?
누가 낙원에 가는가?

욕심이 없는 자?
조롱을 많이 받는 자?
상처를 많이 당한 자?

거지 나사로를
낙원에서 보았다

십자가에 달렸던 강도를
낙원에서 보았다

살아서는 아무도 갈 수 없는
거기가 낙원…

주님께서 주시는 대로

배운 것이 부족하니 어찌 하리요
아는 것이 없으니 어찌 쓰리요
그러나
주님께서 주시는 은혜대로
글을 씁니다

들은 것이 없으니 어찌 하리요
보는 것이 없으니 어찌 말 하리요
그러나
주님께서 주시는 능력대로
글을 씁니다

욕심을 부릴 수도 없으니 어찌 하리요
다듬어진 지식도 없으니 어찌 하리요
그러나
주님께서 주시는 은혜대로
글을 씁니다

이런 사람 되기를…

사랑하고 즐거워하고 감사하기를

만나는 모든 사람과
만나야 하는 모든 사람과
보이는 모든 사람을

가정 안에서 밖에서
교회 안에서 밖에서
만나지는 모든 사람을

미워하던 사람도
원망하던 사람도
분노하던 원수까지도

사랑하며 기뻐하며
감사하는 사람 되기를…

어느 날 그곳에서는

태양의 흑점이 폭발하고
땅은 흔들리고 갈라지며
바다는 깊음 속에서
물을 토하여 내칩니다

노아 때의 홍수를 보는 것 같고
소돔성과 고모라성의
심판을 보는 것 같습니다

체질이 뜨거운 불에 녹으며
아우성치는 만물의 마지막이
가까이 오는 것 같습니다

주님과 손잡고

주님의 말씀은 발에 등이요
길의 빛이며 입의 검이요
나의 신령한 양식입니다

이 양식 먹으므로
해와 달빛이 쓸데없는
열두 진주문 들어가
빛 되시는 주님과 손잡고
열두 가지 실과 달마다 맺히는
그 길을 주님과 손잡고 걸으며

하나님의 거문고를 가지고
모세의 노래와 어린양의 노래를
부르는 천군 천사들이 도열한
수정같이 맑은 유리 바닷가에서
주님과 손잡고 티 없이 맑은
주님의 말씀을 들으면서
주님 앞에 머물러 있고 싶습니다

주님밖에는

주님은 나의 기업
주님은 나의 생명
주님은 나의 방패시라

주님 밖에는 나의 슬픔을
전할 사람 없어요
주님 밖에는 나의 아픔을
말할 사람 없어요
주님 밖에는 나의 고통을
알 사람이 없어요

주님은 나의 보호자
주님은 나의 치료자
주님은 나의 구원자시라

주님 밖에는 나의 기쁨을
전할 사람 없어요
주님 밖에는 나의 행복을
말할 사람 없어요
주님 밖에는 나의 마음을

알 사람이 없어요

주님은 나의 산성
주님은 나의 요새
주님은 나의 깃발이시라

주님께

주님은 나의 편이신데
나는 주님의 편이 되어 주기에는
너무도 부족합니다

주님은 나의 힘이신데
나는 주님의 힘이 되어 주기에는
너무도 미약합니다

주님은 나의 생명이신데
나는 주님께 생명을 드리기에는
너무도 허물이 많습니다

생애

한평생 살아온 길 뒤돌아 바라보니
헐벗고 굶주리며 걸어온 세월
자국마다 주님이 지켜주셨네

험한 길 어려운 길 뒤돌아 바라보니
죽음과 삶을 넘나든 여정
주님이 새 힘주며 걸어가라 하셨네

힘들고 지쳤을 때 한숨 쉬며 멈출 때에
무거운 짐과 고통의 멍에
능력의 주님께서 도와주셨네

멀고도 외로운 길 혼자서 방황할 때에
어둡고 두려워서 떨리는 마음
주님이 붙드시고 날 인도하셨네

상한 허리 수술받고 침상에 누어
마음 아파 흘리는 뜨거운 눈물
위로의 주님께서 씻어주셨네

할렐루야! 할렐루야!
주님 감사합니다

주님 곁에 있고 싶어요

주님 곁에 있고 싶어요 주님
주님 떠나 살기 싫어요 주님
주님께서 허락하신다면
주님 곁에 머물고 싶어요 주님

거짓과 죄

조용히!
주님을 보라
아주 조용히
주님만을 바라보라
그 빛난 얼굴
광채가 쏟아져 내리는
그 눈동자
그이 앞에서
숨길 수 있는가
거짓은 죄가 되고
변명은 위선이 된다

작은 심판은
마음으로부터
소용돌이치고
죄와 허물은
벌거벗은 수치를
드러낸다

은 냥 삼십에
눈이 먼 사나이
욕심이 잉태하여
창자가 배에서
터져 나오고
죄는 장성하여
사망을 낳았다

말씀 안에서

말씀 안에서 주님을 만나고
말씀 안에서 주님의 음성을 듣고
말씀 안에서 하늘의 비밀을 깨달아
말씀하시는 하나님의 마음을 알게 하소서

묵상하면서 주님을 뵈옵고
기도하면서 응답을 받으며
말씀 읽으며 받은 복을 누리게 하소서

말씀이 내 안에 있으면

말씀이 내 안에 계시면
가난하여도 부요함을 누리며

말씀이 내 안에 계시면
병이 들어도 건강함을 누리며

말씀이 내 안에 계시면
고통스러워도 자유함을 누리며

말씀이 내 안에 계시면
캄캄한 절벽 위에 있어도
빛 가운데로 행하며

말씀이 내 안에 계시면
죽어도 생명이 있습니다